DISCOVRS
MERVEILLEVX ESPOV-
VENTABLE DE NOVVEAV
aduenu à la Rochelle.

1488

Iuillet

A PARIS.

Iouxte la coppie imprimee a Roüen
par Pierre Courant.

M.D. LXXXVIII.

DISCOVRS MERVEILLEVX
ESPOVVENTABLE DE NOV-
ueau aduenu en la Rochelle.

E dernier iour du moys de Iuin,
mil cinq cens quatre vingt huit
entre dix & vnze heures du ma-
tin, arriuerent au port de la Rochelle
quatre grands Nauires : deux desquels
auoyent esté prins à la mer par les Capitaines la Taulpe & Maleuault. Où e-
stans arriuez menerent les prisonniers
qui auoyent estez trouuez dans lesdits
Nauires, par deuant le Maire de la ville pour faire aduouer la prinse bonne.
Et dans l'vn d'iceux Nauires prins se
trouuerét deux notables Docteurs de
la ville d'Alcala des Nares en Castille,
& des plus grádes familles d'icelle, lesquels auoyét esté enuoyez par la Sain-
cteté aux Indes , où ils auoyent con-

uerti grand nombre des Maures & autres infideles a la saincte foy Catholique. Le premier desquels estoit le Seigneur Antonio de Mandrague, & l'autre le Marquis Dom Diego de Sentillane. Et estans deuant ledit Maire, furét interroguez par luy de quelle nation, qualité & profession ils estoyent. Et comme ils estoyent prests d'estre interroguez separémét le temps se couurit, & fut si obscur pour la grande quantité d'eau qui tóboit que l'on n'eust sceu à peine se cognoistre l'vn l'autre, qu'il tomba du Ciel vne grosse & admirable pierre par l'esclat d'vn foudroyant tónerre, laquelle estoit toute sanglante, & du poix de quinze liures, presque faite en ouale, sur laquelle y auoit vne Croix engrauee, & des deux costez d'icelle vne main qui tenoit vne espee où y auoit ces mots entortillez dessus, POVR LA FOY. Et tomba premierement dans la salle dudit Maire, qui fut cause qu'il renuoya incontinét les prisonniers iufqu'au lendemain. Et celuy qui les y auoit conduits eut les deux bras emportez par ledit tonnerre: & de là s'en alla brizer tout le deuant du Nauire appellé le Bruflemidi, dans lequel commandoit Maleuault, ou il fit vn tel degaft qu'il emporta les mafts & hunes d'iceluy, mettant en pieces trente-trois foldats, & dixhuit maftelos de l'equippage dudit Nauire: puis s'en alla amortir dans le corps de garde de la Chaifne, ou il briza quatre rondaches, & huit cuiraffes qui eftoyent fur vne table, & tous les moufquels & harquebuzes qui s'y trouuerent mifes en pieces, & quatorze foldats de garde. Quoy entendant les Capitaines Confolant & la Morrette s'en vont à l'inftant chez ledit Maire pour l'aduertir de ce que deffus. Lequel y eftant arriué tout effrayé, fait incontinét porter laditte pierre de Tonnerre en fa maifon. Mais parce qu'il

est ennemi capital du signe de la Croi
il ne la voulut monstrer publiquement
ains seulement à quelques siens intimes
& secrets amis. Deux desquels cognois
sans qu'il y auoit quelque chose de diui
nité en tel signe, s'en allerët d'vn com
mun accord se rendre & vouer le reste
de leur vie au tresdeuot et religieux
Monastere de nostre Dame du mont
Sarra: ayant emmené auec eux les doc
teurs dessus nómez, lesquels sans doute
estoyent en grand danger de leurs per
sonnes. Mais il semble que Dieu se soit
voulu seruir de ces personnages, tant
pour faire et celebrer son diuin seruice
que pour dóner exemple à tát d'autres
qui suiuent encores le parti qu'ils ont
quitté.

Ous oyez (O fideles Chrestiens)
l'euenement miraculeux & iuste
iugemét de Dieu, comme il pu
nit ceux qui contreuiennét a sa volonté

& deliure miraculeufement les fiens fe-
lon fa promeffe qui dit qu'il a foing de
nous, & que pas vn cheueu de noftre
tefte ne tombera fans fa volonté. Ap-
prenons doncques par ceci à nous conuertir à luy de bône heure, de peur que
fon ire ne s'embrafe contre nous, qui
nous foudroyent comme il fait ceux
qui luy refiftent : car autant nous en
pend il deuant les yeux. Et luy priors
de bon cœur & trefardamm̃et qu'il luy
plaife par fa fainte grace no⁹ recôcilier
les vns les auec les autres, & conuertir à
la fainte foy Catholique ceux qui en
font defuoyez, les reduifans à icelle par
vrayes admonicions, inftructions, en-
feignemens, exemple de bonne vie,
charité Chreftiéne, quittans aux Turcs
& Barbares toute cruauté & inhuma-
nité, & toutes paroles fedicieufes les
vns les autres, propos & voyes d'hofti-
lité & fanguinaires: afin qu'eftant ainfi
bien reconciliez enfemble par toute la

Chreſtienté, chacune nation & pays vi-
ue paiſiblement & vnanimemét ſoubs
vn ſeul Dieu & ſon Roy, chef ou gou-
uerneur, & que ſi no' faiſons autremét
& ne quittons tout appetit de vengáce
d'vne part & d'autre, nous ne verrons ia
mais ni noſtre poſterité apres nous la
fin de ces troubles calamitei x : & de la
Chreſtienté qui s'en enſuiura, l'Empire
des Turcs barbar s & cruels s'augmen
tera, & luy ſerons en perpetuelle ſerui-
tude & ſoubs ſa cruelle tyrannie. Priós
à Dieu qu'il luy plaiſe nous faire miſe-
ricorde. Ainſi ſoit il.

FIN.

www.ingramcontent.com/pod-product-compliance
Lightning Source LLC
Chambersburg PA
CBHW061443170626
46811CB00005B/2352